I0821325

Un hábitat de pantano

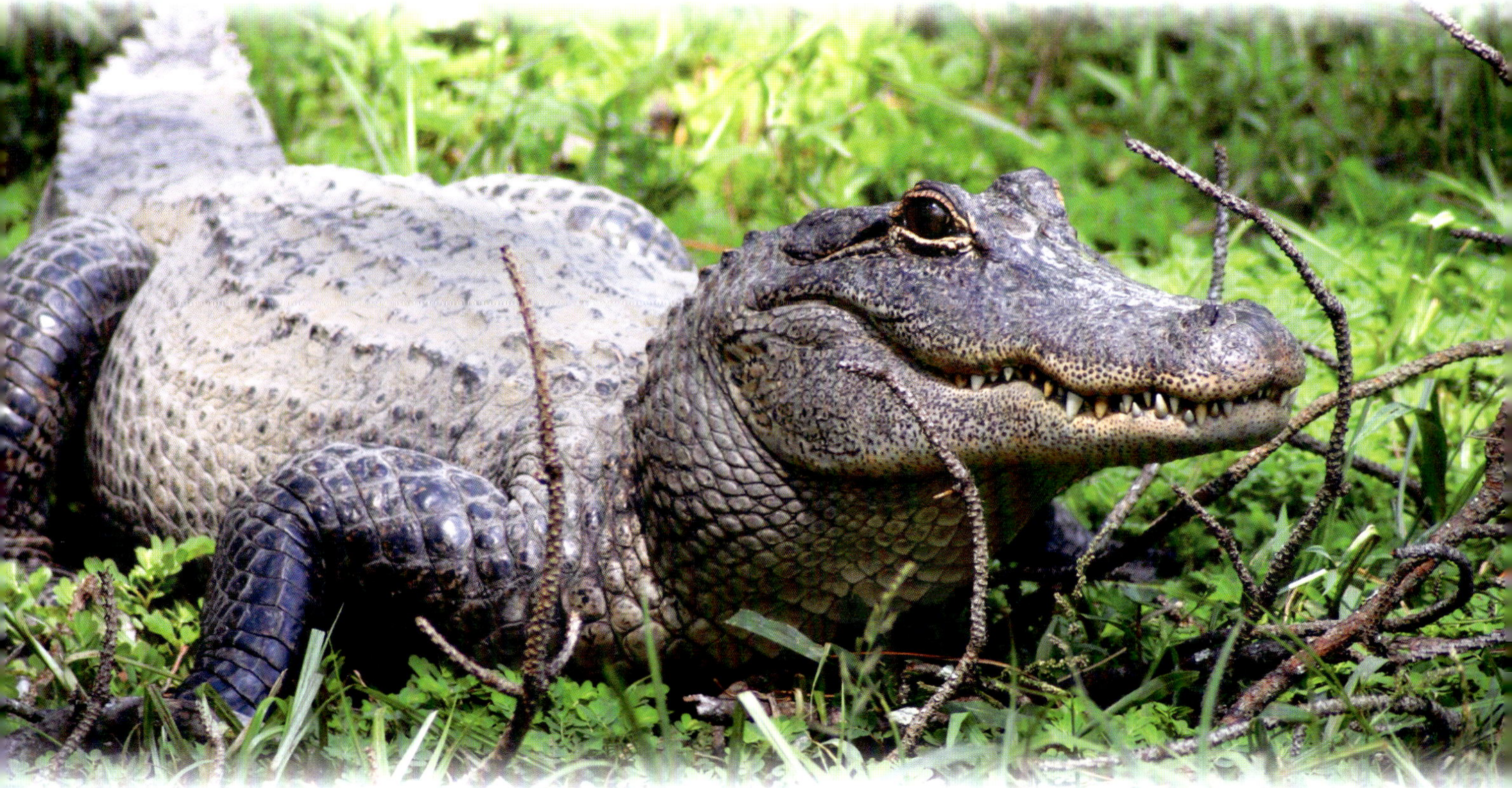

Molly Aloian y Bobbie Kalman

Crabtree Publishing Company
www.crabtreebooks.com

Creado por Bobbie Kalman

Dedicado por Katherine Kantor: a Anna y Bryan Kivell
"El amor nunca ve los defectos; siempre tiende al júbilo, es descontrolado, sublime e ilimitado".

Editora en jefe
Bobbie Kalman

Equipo de redacción
Molly Aloian
Bobbie Kalman

Editora de contenido
Kathryn Smithyman

Editores
Michael Hodge
Kelley MacAulay
Rebecca Sjonger

Diseño
Margaret Amy Salter
Samantha Crabtree
(logotipo de la serie)

Coordinación de producción
Heather Fitzpatrick

Investigación fotográfica
Crystal Foxton

Agradecimiento especial a
Jack Pickett y Karen Van Atte

Consultor lingüístico
Dr. Carlos García, M.D., Maestro bilingüe de Ciencias, Estudios Sociales y Matemáticas

Ilustraciones
Barbara Bedell: página 32 (parte superior)
Katherine Kantor: páginas 5, 14-15, 23, 32 (parte inferior)
Bonna Rouse: página 17
Margaret Amy Salter: páginas 14 (izquierda), 28

Fotografías
© Maier, Robert/Animals Animals – Earth Scenes: página 20
BigStockPhoto.com: página de título, páginas 19 (parte superior izquierda), 27 (parte superior), 32 (mitad de página al centro) © Dwight Kuhn: página 21
iStockphoto.com: páginas 18 (partes superior e inferior), 19 (parte inferior derecha), 26, 27 (parte inferior)
Photo Researchers, Inc.: Suzanne L. y Joseph T. Collins: página 29; Michael P. Gadomski: página 13; Anthony Mercieca: página 30
robertmccaw.com: páginas 9, 12, 16, 28, 31
Visuals Unlimited: John Sohlden: página 8
Otras imágenes de Adobe Image Library, Brand X Pictures, Corel, Digital Stock, Digital Vision y Photodisc

Traducción
Servicios de traducción al español y de composición de textos suministrados por translations.com

Library and Archives Canada Cataloguing in Publication

Aloian, Molly
Un hábitat de pantano / Molly Aloian y Bobbie Kalman.

(Introducción a los hábitats)
Includes index.
Translation of: A Wetland Habitat.
ISBN 978-0-7787-8328-2 (bound)
ISBN 978-0-7787-8352-7 (pbk.)

1. Wetland ecology--Juvenile literature. I. Kalman, Bobbie, 1947- II. Title. III. Series.

QH541.5.M3A4618 2007 j577.68 C2007-900434-2

Library of Congress Cataloging-in-Publication Data

Aloian, Molly.
[A Wetland Habitat. Spanish]
Un hábitat de pantano / Molly Aloian y Bobbie Kalman.
p. cm. -- (Introducción a los hábitats)
Includes index.
ISBN-13: 978-0-7787-8328-2 (rlb)
ISBN-10: 0-7787-8328-6 (rlb)
ISBN-13: 978-0-7787-8352-7 (pb)
ISBN-10: 0-7787-8352-9 (pb)
1. Wetland ecology--Juvenile literature. I. Kalman, Bobbie. II. Title. III. Series.

QH541.5.M3A5818 2007
577.68--dc22 2007002052

Crabtree Publishing Company
www.crabtreebooks.com 1-800-387-7650

Publicado en Canadá
Crabtree Publishing
616 Welland Ave.
St. Catharines, ON
L2M 5V6

Publicado en los Estados Unidos
Crabtree Publishing
PMB16A
350 Fifth Ave., Suite 3308
New York, NY 10118

Publicado en el Reino Unido
Crabtree Publishing
White Cross Mills
High Town, Lancaster
LA1 4XS

Publicado en Australia
Crabtree Publishing
386 Mt. Alexander Rd.
Ascot Vale (Melbourne)
VIC 3032

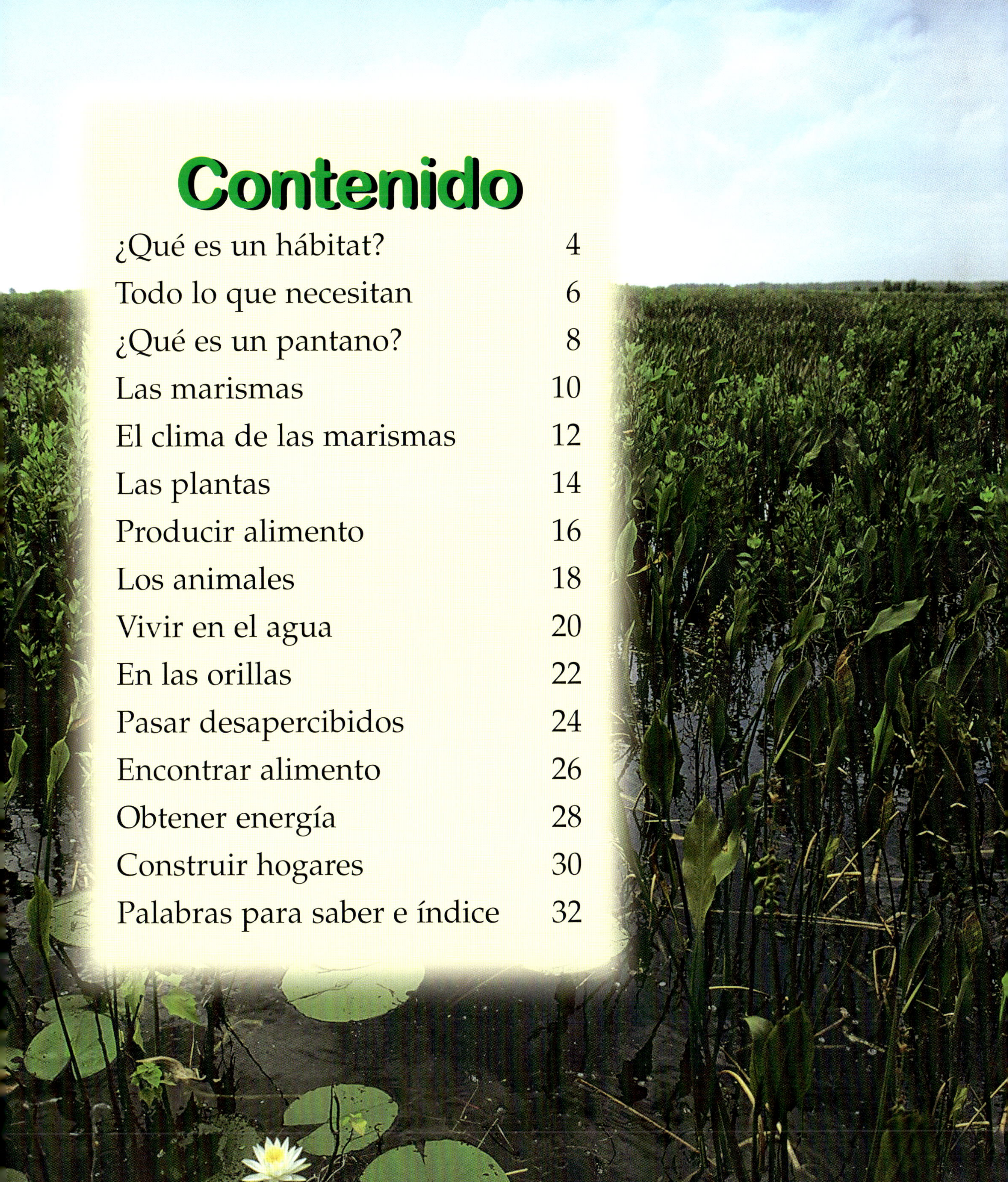

Contenido

¿Qué es un hábitat?

Un **hábitat** es un lugar de la naturaleza. Las plantas viven en hábitats. Los animales viven en hábitats también. Algunos animales construyen sus hogares en hábitats.

Seres vivos e inertes

En los hábitats hay **seres vivos**. Las plantas y los animales son seres vivos. En los hábitats también hay **seres inertes**. Las rocas, el agua y la tierra son seres inertes.

Todo lo que necesitan

Las plantas y los animales necesitan ciertas cosas para sobrevivir. Necesitan aire, agua y alimento. Los animales encuentran todo lo que necesitan en su hábitat. Este martín pescador encontró un insecto para comer en su hábitat.

Mantenerse vivos

Este capibara vive en un hábitat. En este hábitat encuentra todo lo que necesita para sobrevivir. El capibara necesita agua en su hábitat. Este animal nada en el agua.

¿Qué es un pantano?

El **pantano** es un hábitat. Es tierra cubierta de agua. Algunos pantanos están cubiertos de agua todo el año. Otros sólo están cubiertos de agua en ciertas épocas.

Pantanos llamados marismas

Este libro habla de las **marismas**. Las marismas son un tipo de pantano. En ellas viven muchas plantas y animales. Esta tortuga mordedora vive en una marisma.

Las marismas

Las marismas están cubiertas de agua todo el año. Se encuentran a lo largo de las orillas de lagos, ríos y lagunas. Estas crías de pato encuentran alimento en una marisma y nadan en el agua.

Una marisma de agua dulce

Algunas marismas tienen **agua salada**, la cual contiene mucha sal. Otras tienen **agua dulce**, que contiene tan sólo un poco de sal. Este libro habla de las marismas de agua dulce. Este ciervo está bebiendo agua de una marisma de agua dulce.

El clima de las marismas

La mayoría de las marismas se encuentran en partes del mundo en las que hay cuatro **estaciones**: primavera, verano, otoño e invierno. En cada estación, el clima es distinto. En primavera, es templado. En verano, hace calor.

Inviernos fríos

El clima de las marismas refresca en otoño. En invierno, se pone frío y hay nieve y hielo. El agua de esta marisma está congelada.

Las plantas

En las marismas crecen muchos tipos de plantas. Los juncos y las totoras crecen en el agua, a las orillas de las marismas. El agua es poco profunda cerca de las orillas de las marismas.

Plantas acuáticas

Algunas plantas crecen en medio de las marismas. Estos nenúfares crecieron en medio de una marisma. Tienen grandes hojas verdes que flotan en el agua.

Producir alimento

Los seres vivos necesitan alimento para sobrevivir. Las plantas producen su propio alimento. Para eso usan la luz del sol, el aire y el agua. La producción de alimento a partir de la luz del sol, el aire y el agua se llama **fotosíntesis**.

Las partes que producen alimento

Las plantas toman la luz del sol a través de las hojas. También toman el aire por las hojas. Además, absorben agua a través de sus raíces. Usan la luz del sol, el aire y el agua para producir alimento.

Las hojas toman el aire.

Las hojas toman la luz del sol.

Las raíces toman el agua de la tierra. La tierra está en el fondo de la marisma.

Los animales

Muchos animales, como los que aparecen en estas páginas, viven en marismas. El cuerpo de estos animales está adaptado para vivir en ese hábitat.

La cigala puede respirar bajo el agua.

Las plumas de los patos son ***impermeables****. Por eso, se mantienen secas en el agua.*

Los tritones son buenos nadadores. Mueven la cola de un lado hacia otro para nadar.

Los tejedores pueden caminar sobre el agua.

Los mapaches usan las patas para buscar alimento y ponérselo en la boca.

Esta garza usa su largo pico para atrapar alimento y comer.

Este caracol encuentra muchas plantas para comer en una marisma.

Vivir en el agua

Algunos animales de las marismas viven sólo en el agua y allí encuentran el alimento. Este pez vive en el agua. Tiene **aletas** que le sirven para nadar.

Renacuajos

Este animal es un **renacuajo**. El renacuajo es una cría de rana. Los renacuajos viven en el agua. Son buenos nadadores y comen plantas que se encuentran en el agua.

En las orillas

Muchos animales pasan tiempo en las orillas de las marismas. Se sumergen en el agua para nadar y para buscar alimento. Esta rata almizclera se sumerge en el agua para buscar alimento.

Alimento en el agua

El agua de la orilla de la marisma es poco profunda. Esta espátula común está parada en aguas poco profundas. Atrapa peces pequeños del agua con su largo pico.

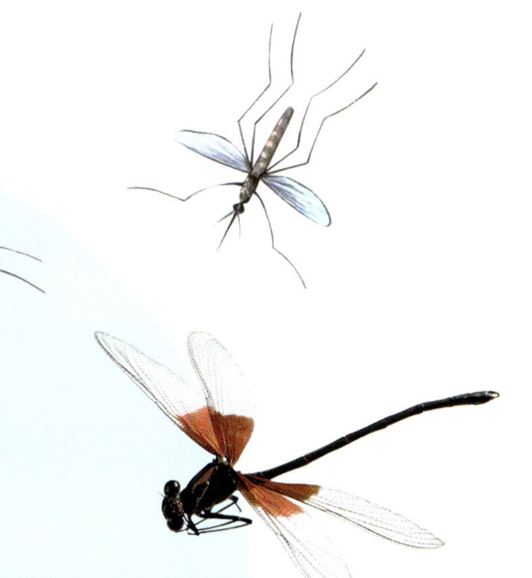

Pasar desapercibidos

Algunos de los animales de las marismas son difíciles de ver. Este conejo tiene pelo marrón. Los juncos y las hierbas que hay a su alrededor también son de color marrón. Por eso el conejo pasa desapercibido. Es posible que para otros animales sea difícil verlo en este hábitat.

¡Qué bueno es ser verde!

Esta rana es verde. Las hojas del nenúfar a su alrededor también son verdes. La rana se confunde con las hojas verdes del nenúfar. Es posible que otros animales no la vean cuando esté sentada en una hoja de nenúfar.

Encontrar alimento

En las marismas hay mucho alimento. Algunos animales comen sólo plantas. Estos animales se llaman **herbívoros**. Los castores son herbívoros. Se comen la corteza y otras partes de las plantas.

Comerse a otros animales

Otros animales de las marismas son **carnívoros**. Los carnívoros se comen a otros animales. Este caimán es carnívoro. Come peces, tortugas y serpientes.

Omnívoros

Algunos animales de las marismas son **omnívoros**. Los omnívoros comen tanto plantas como animales. Los zorrillos son omnívoros. Comen hierba, hojas, insectos y peces.

Obtener energía

Todos los seres vivos necesitan **energía** para crecer y para moverse. La energía viene del sol. Las plantas obtienen energía del sol, pero los animales no pueden hacerlo. Por eso se comen a otros seres vivos para obtener energía. Los renacuajos son herbívoros. Obtienen energía al comer las plantas que viven en el agua.

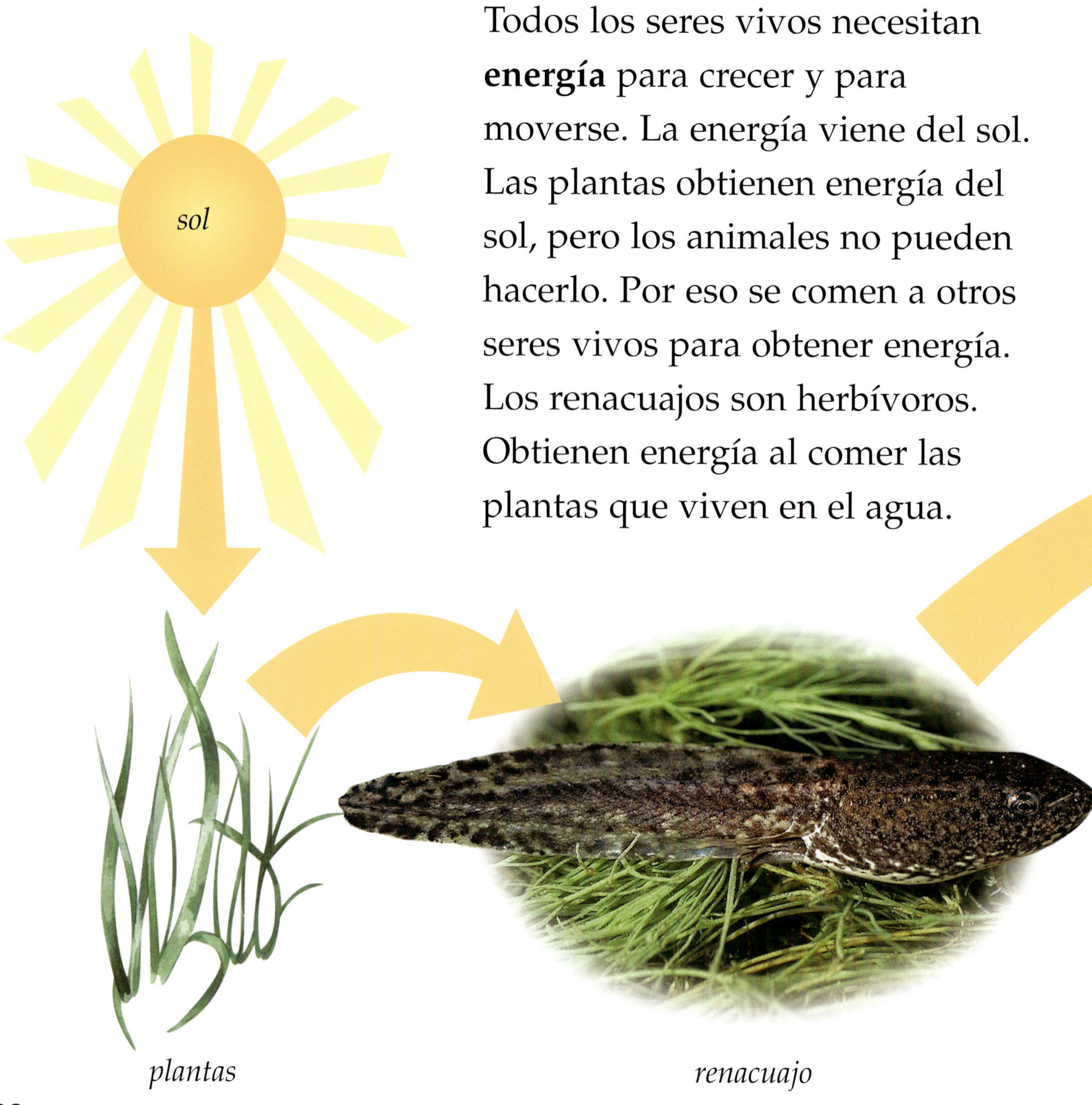

Comer para obtener energía

Los carnívoros obtienen energía al comerse a otros animales. Las serpientes acuáticas del norte son carnívoras. Obtienen energía al comer renacuajos.

Construir hogares

Algunas aves de las marismas construyen hogares llamados **nidos**. En primavera, estas aves ponen huevos en el nido. De los huevos salen crías que se llaman **polluelos**. Los polluelos viven en el nido. Estos polluelos de aguilucho están a salvo en el nido.

Una nutria en el agua

Esta nutria construyó su hogar dentro de un agujero. El hogar de la nutria se llama **guarida**. La guarida se encuentra al lado de una marisma. La nutria está saliendo de su guarida.

Palabras para saber e índice

Otras palabras del índice

Impreso en Canadá